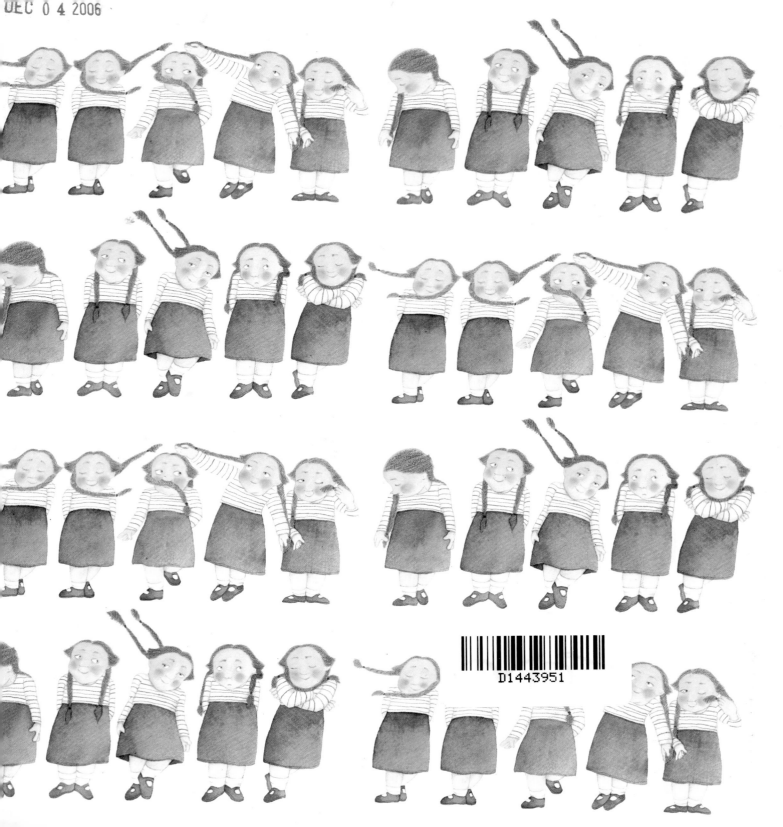

A nuestros padres
Joan y Maria,
Ferran y Matilde,
la de los cabellos color del cobre.

© del texto, Maria Martínez i Vendrell
© idea e ilustraciones, Carme Solé Vendrell
© Ediciones Destino, S. A., 1998
Provença, 260. 08008 Barcelona
www.edestino.es
Primera edición: marzo 1984
Segunda edición: noviembre 1986
Tercera edición: septiembre 1988
Cuarta edición: mayo 1990
Quinta edición: septiembre 1991
Sexta edición: julio 1994
Séptima edición: julio 1998
Octava edición: noviembre 1998
Novena edición: marzo 1999
Décima edición: mayo 2001
ISBN: 84-233-1289-5
Depósito legal: B. 19.184-2001
Impreso por Gayban Grafic, S.A.
Almirante Oquendo, 1-9. Barcelona
Impreso en España   Printed in Spain

YO LAS QUERIA

Texto: Maria Martínez i Vendrell
Idea e ilustraciones: Carme Solé Vendrell

Premio Apel·les Mestres 1983

Ediciones Destino

La luna palidece.

Está cansada.

Por no dejar la tierra a oscuras, ha pasado la noche en vela, y filtrándose por las rendijas de las persianas, iba vigilando de cerca el sueño de grandes y chicos.

Cuando los ojos se resisten a cerrarse, a pesar del cansancio, y el pensamiento no descansa porque le invaden miles de imágenes que surgen del silencio, la suave luz de la luna tiñe de paz el tiempo que pasa.

A Marta, cuando llega la hora de meterse en la cama, le gusta sentir muy cerca la compañía de la luna.

Nadie la molesta entonces, y puede pensar en lo que quiere y en cómo le gustaría que sucedieran las cosas.

Incluso puede llorar si siente ganas de hacerlo, sin que nadie se ría por ello.

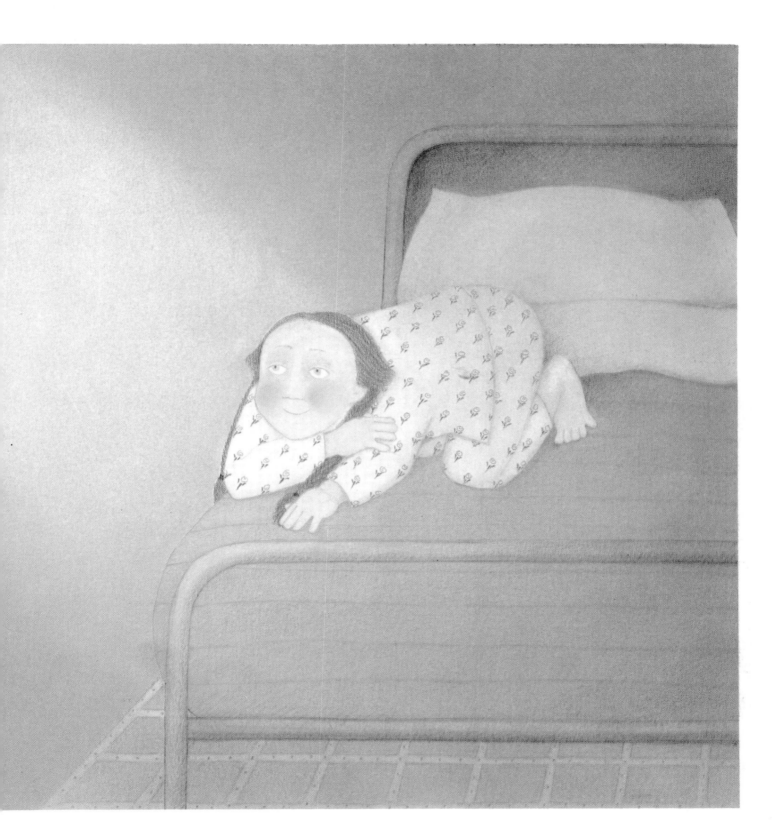

Quizás con demasiada frecuencia Marta siente ganas de llorar; tiene bien ganada fama de llorona. Pero los demás no se dan cuenta de las sutiles diferencias de sus llantos, que no siempre son iguales, aunque puedan parecerlo.

Y si lo parecen, es porque siempre el río incontenible de las lágrimas que pugnan por salir de sus ojos, a borbotones, crece desde muy adentro y le llena el pecho hasta hacerle sentir que son tantas y tantas, que sus hermosos ojos, color de miel, quizás no lleguen a darles paso a todas.

Entonces, Marta abre la boca, pero no son lágrimas lo que sale por ella, sino el sonido que emerge de la angustia que hierve en su pecho.

Al principio, es un sonido suave, como el piar de un pájaro prisionero.

Pero cuando abandona su encierro, crece lentamente, para apagarse de nuevo cuando la angustia cede a una dulce tristeza. O bien llega el consuelo, y entonces se siente segura de la eficacia de su llanto.

Apenas si le queda color a la luna.
Muestra una transparencia de cristal.
Y las estrellas han desaparecido.
Ahora es la luz del sol la que penetra por las rendijas y quiere
despertar a los que duermen, acariciando sus mejillas.
Aunque Marta esté despierta, no siempre abre los ojos al
primer contacto de la cálida presencia del sol. Le gusta
imaginar que son los dedos de su madre los que cosquillean
sus mejillas. O que sus labios le dan un beso para desearle
buenos días.

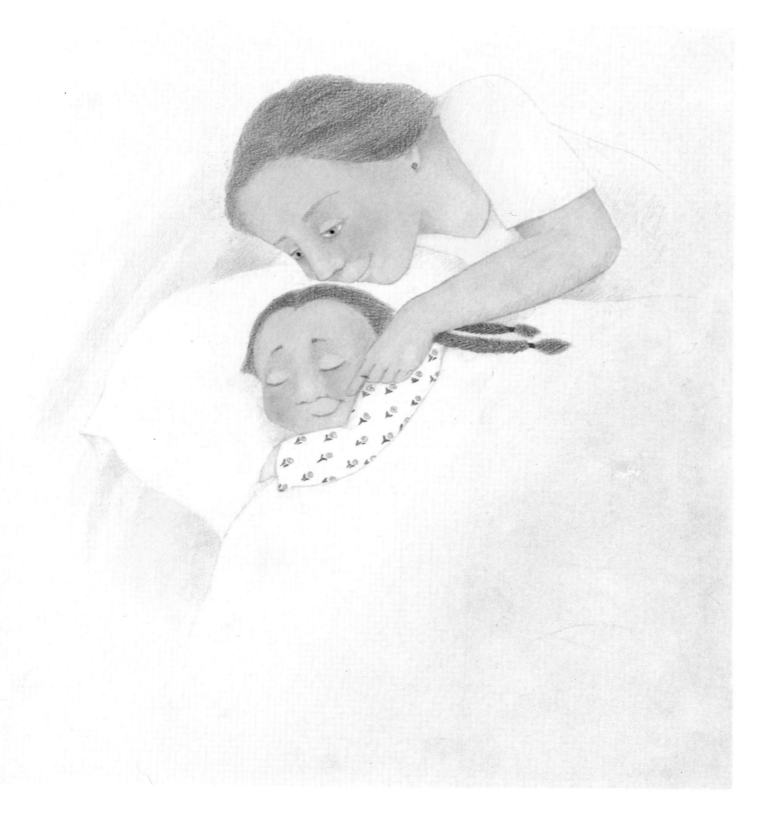

Sabe que esto no es posible, porque su madre hace tiempo que está enferma, «muy delicada», dicen, y no puede levantarse temprano.

Pero en cuanto Marta oye su voz que la llama desde la habitación contigua, abre los ojos y salta de la cama en un instante, para ser la primera en darle los buenos días.

Después empieza la rutina de todas las mañanas hasta llegar a la escuela. Lavarse, vestirse, desayunar y… peinar las trenzas.

Marta tiene unas trenzas largas y gruesas, del color del oro viejo, que terminan en dos magníficos tirabuzones. Casi le llegan a la cintura. Son lo que más le gusta de sí misma, y hacen que se sienta dueña de algo que no pueda tener nadie más.

Algunas veces siente un gran deseo de ser vivaracha y simpática, como dicen que es su hermana, o de saber explicar lo que piensa y lo que siente, de forma comprensible para los demás. A menudo sólo sabe hacerlo llorando, o… callando.

Pero, ella es como es, y no puede ser de otro modo.

¡Menos mal que tiene sus trenzas! Todos las admiran, y ella sabe cómo hacerlas lucir.

Cuando está contenta, las trenzas reposan tranquilas en su pecho. Pero si llega la tristeza o la inquietud, también las trenzas la muestran, ya que Marta las descuida entonces.

Sea como fuere, Marta llora todas las mañanas cuando llega el momento de peinarlas.
Su tía le peina la abundante cabellera torpemente y sin ganas.
Por las mañanas hay que darse prisa... ¡y basta de tonterías!
A Marta le duelen los tirones, pero no llora sólo por eso.
Se da cuenta de que a su tía sus trenzas no le importan, ni su peinado...
¡Si su madre no estuviera enferma!

«Cuando sea mayor –piensa Marta–, dejaré que el pelo crezca hasta que me llegue a los pies. Y nunca, nunca, tendré prisa cuando me peine.»
Antes de ir al colegio, se despiden de su madre, que desde la cama los ve alejarse.
–¡No pongas mala cara, Marta! –le susurra su madre al darle el beso–. ¡Es una lástima! ¡Con esas trenzas tan bonitas!

Pero un día llegó lo que más temía, a pesar de las lágrimas
matutinas que acompañan al peinado.
—Este verano iremos algunos días de vacaciones —dice su
padre—. Y haremos bonitas excursiones. Mamá no podrá venir.
Tiene que descansar... Ya lo sabéis.
¡De sobras lo saben! ¡Si mamá estuviera buena!
—... Por esta razón, Marta, sería conveniente cortarte las
trenzas. Yo no sabría peinarte.

Marta cierra los ojos y aprieta los párpados con fuerza. «¡Ya está! –piensa–. No…, no es posible.»
–¿Cortarlas? –dice con un hilo de voz.
Y empieza a sentir cómo se le llena el pecho de angustia y de lágrimas. Pronto no podrá contenerlas y tendrá que abrir la boca para no ahogarse…
Y llegará aquel momento en que todos se ríen…
Nadie comprende lo que le pasa.
O quizás sí… Sus padres no le pedirían algo tan terrible de no ser necesario. Sobre todo su madre… ¡Si ella pudiera peinarla!…

Marta ha encerrado la pena en su corazón y, silenciosamente, ha contenido sus lágrimas mientras resonaba en sus oídos el chirriar de las tijeras.

Después, ha guardado las trenzas en un cajón de su cómoda, cuidadosamente envueltas en un papel de seda del color azul del cielo, que su madre le ha dado.

Ahora se siente medio desnuda, y rehúye los espejos que antes buscaba como consuelo de otras penas.

Las vacaciones, no obstante, valían
el sacrificio.

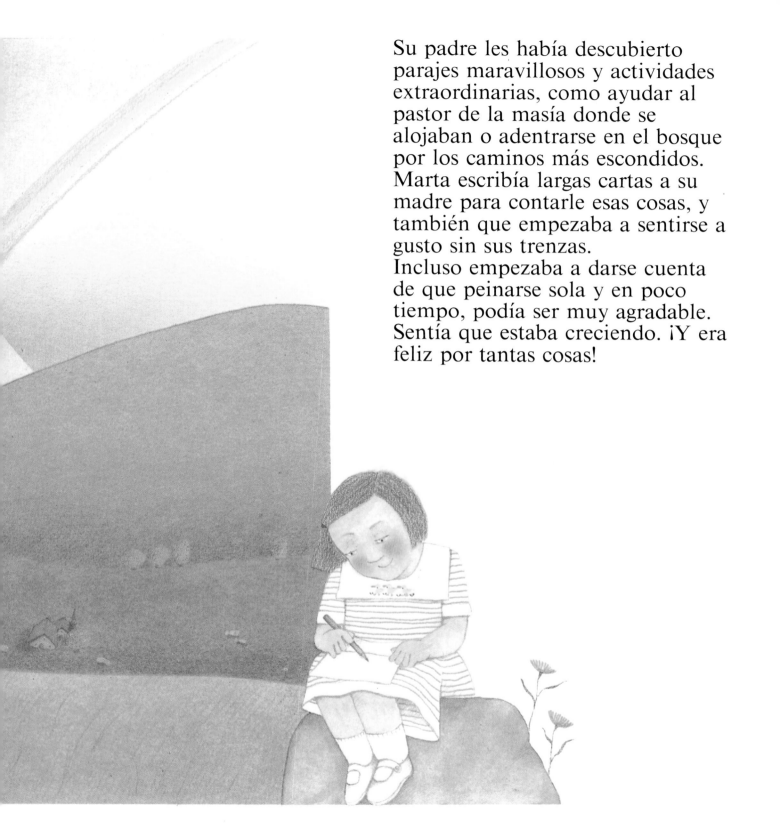

Su padre les había descubierto
parajes maravillosos y actividades
extraordinarias, como ayudar al
pastor de la masía donde se
alojaban o adentrarse en el bosque
por los caminos más escondidos.
Marta escribía largas cartas a su
madre para contarle esas cosas, y
también que empezaba a sentirse a
gusto sin sus trenzas.
Incluso empezaba a darse cuenta
de que peinarse sola y en poco
tiempo, podía ser muy agradable.
Sentía que estaba creciendo. ¡Y era
feliz por tantas cosas!

Después, llegó de nuevo el tiempo de volver a la escuela.
Seguía peinándose sin ayuda y ya no tenía que reñir con su tía,
por las mañanas, a causa de las «dichosas trenzas».
Con todo, cuando Marta se miraba al espejo, sonreía
complacida al ver que su pelo, lentamente, volvía a crecer.

«Yo las quería…», pensaba algunas veces evocando sus trenzas.

Y entonces la invadía un sentimiento indefinible, mezcla de muchas ternuras distintas, y pensaba también: «¿Volveré a tenerlas? ¡Quién sabe!».

Un día, inesperadamente, mamá los dejó. Para siempre.
Durante mucho tiempo, les parecía vivir en una constante
pesadilla.
Mamá ya no estaba y mucha gente entraba y salía de la casa.
Marta y sus hermanos no alcanzaban a comprender por qué.
El vacío era inmenso. Mucho más grande que el que habían
dejado sus trenzas.
La gente parloteaba en voz baja y les dirigía miradas
compasivas que hacían daño.
De vez en cuando, Marta corría a encerrarse en su habitación.
El silencio, confortable, la acompañaba. Y también las trenzas.
Sus trenzas de niña pequeña.
Le gustaba mirarlas emergiendo, doradas, entre el papel azul
cielo.
Recordaba cuando su madre aún estaba allí… y no se las
podía peinar.

Sentía hostilidad hacia aquella gente que los miraba con pena y que se esforzaba en distraerles como fuera.

Invadían la casa y hablaban sin cesar. Decían muchas cosas. Algunas comprensibles, otras no.

Sólo una cosa le parecía bonita a Marta, entre todas las que decían. Y aguzaba los sentidos, ansiosa por oírlo de nuevo.

–¡Cómo ha crecido esta niña! ¡Y cómo se parece a su madre desde que no lleva trenzas!

El espejo asentía. Sus cabellos ondulados, del color del oro viejo, evocaban los de su madre, sin trenzas.

Y también en su rostro, poco a poco, podían descubrirse los mismos gestos y la sonrisa de la madre.

«Los cabellos de mi madre eran del color del cobre.»

«¡Cómo me gustaría tenerlos como ella!» «Ahora ya no me importan las trenzas.»

Por las noches, la luna seguía acompañando sus pensamientos.
Algunas veces, incluso antes de que la luna se acercara a ella,
Marta abría la ventana para salir a su encuentro.
Marta veía las estrellas, como ventanas del cielo.
«¿Desde cuál debe de mirarme mi madre?», pensaba. Y trataba
de adivinarlo.
No fue demasiado difícil.
Una noche apareció una estrella tan luminosa que parecía
dejar rastro en su paso por el cielo…
Un rastro largo y dorado, ¡como sus trenzas!

Desde su cuarto creciente, la luna le hacía guiños de complicidad.
Y Marta sentía crecer en su pecho un sentimiento nuevo, desconocido, dulce y amargo a un tiempo.
–¡Yo las quería…! Mamá, ahora no las necesito. ¿Ya soy mayor?

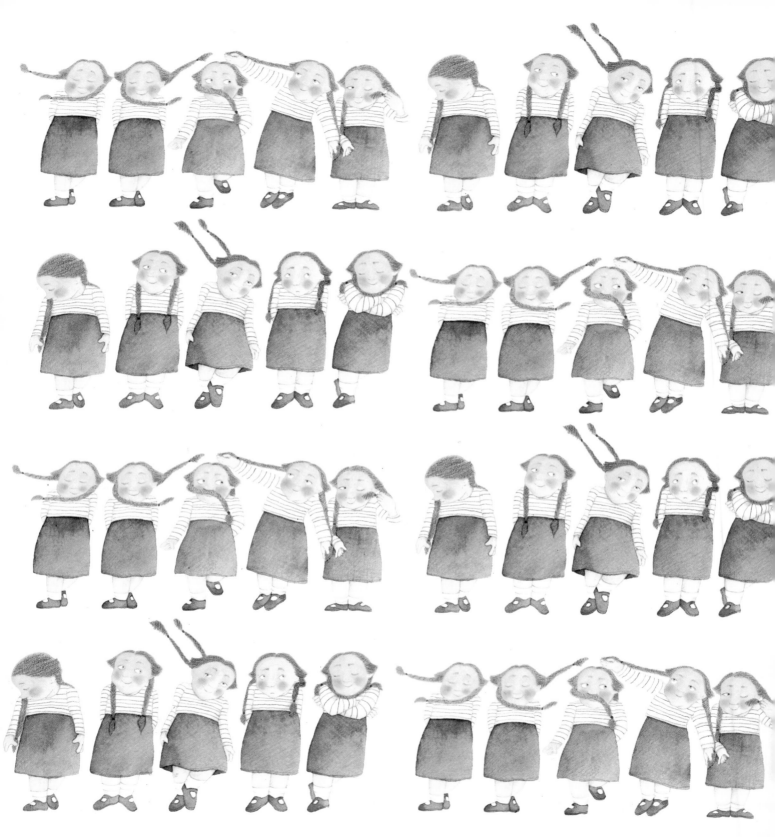